Toto
et ses copains

ISBN : 978-2-412-05505-2
Dépôt légal : novembre 2020
Imprimé en Italie par ERCOM

Relecture : Emma Troude-Beheregaray
Couverture et mise en pages : Capucine Deslouis
Illustration de couverture : © Manu Boisteau

Éditions First, un département d'Édi8
92, avenue de France
75 013 Paris – France
Tél. : 01 44 16 09 00
Fax : 01 44 16 09 01
E-mail : firstinfo@efirst.com

Site internet : www.editionsfirst.fr

Laurent Gaulet

Toto
et ses copains

FIRST
ÉDITIONS

PENDANT L'ANNIVERSAIRE DE LÉA, TOTO SE PLAINT D'AVOIR TRÈS MAL AU VENTRE...

– TU AS MANGÉ QUELQUE CHOSE DE MAUVAIS ? LUI DEMANDE LÉA, INQUIÈTE.

– NON, JUSTE QUELQUES PISTACHES...

– ET ELLES N'ÉTAIENT PAS MOISIES QUAND TU LES AS OUVERTES ?

– PARCE QU'IL FALLAIT LES OUVRIR ?

— Tu as un nouveau vélo ? s'étonne Rémy en voyant Toto sur un BMX flambant neuf.

— Oui ! confirme Toto.

— Mais comment as-tu fait pour convaincre tes parents de t'en acheter un ? demande Rémy. Ce n'est pas encore Noël et ton anniversaire est passé.

— Je leur ai dit qu'avec un nouveau vélo, je pourrais aller faire mes bêtises un peu plus loin...

Rémy demande à Toto :

— Tu sais à quelle heure tu es né ?

— Bah non, je n'avais pas de montre !

EN SORTANT DE CLASSE,
RÉMY DEMANDE À TOTO :
— ALORS, TU AS COMPRIS
LES QUESTIONS DU CONTRÔLE, TOI ?
— AH OUI, TROP FACILE
LES QUESTIONS ! PAR CONTRE,
LES RÉPONSES...

Toto demande
à son copain Rémy :

– Tu connais la
blague du nombril ?

– Non...

– ... bril !

Il fait chaud et Toto vient de disputer une partie de foot avec ses copains. Il revient en sueur à la maison et annonce à sa mère :

— Maman, il fait tellement chaud que mes dessous de bras ont pleuré !

Le papa de Toto
demande à son fils :
— Tu ne devais pas
me donner ton bulletin de
notes, aujourd'hui ?
— Si...
— Et où est-il ?
— Je l'ai prêté à un copain...
— Ah bon ? Pourquoi ?
— Il veut faire peur
à son père !

RÉMY DEMANDE À TOTO :
— TU SAIS CE QUE C'EST QU'UN SYNONYME, TOI ?
— PFFF... JE CROIS QUE C'EST UN MOT QU'ON UTILISE QUAND ON NE SAIT PAS COMMENT L'AUTRE S'ÉCRIT.

TOTO DEMANDE
À SON COPAIN RÉMY :
– TU SERAIS CAPABLE DE SOULEVER
UN ÉLÉPHANT AVEC UN SEUL BRAS ?
– HEU… NON. ET TOI ?
– MOI NON PLUS, PERSONNE
N'A JAMAIS VU UN ÉLÉPHANT
AVEC UN SEUL BRAS !

La maîtresse de Toto se fâche :

– Toto, je t'interdis de dire que ton voisin est un idiot ! Allez, dis-lui tout de suite que tu regrettes !

Toto regarde alors son voisin et lui dit :

– Je regrette que tu sois un idiot...

Toto est inquiet et se confie à son copain Rémy :

– Ma Tata a eu un bébé, mais je crois que la vendeuse s'est trompée...

– Ah bon ? Et pourquoi tu penses ça ?

– Ben... Elle n'arrête pas de le peser et de le repeser, elle a dû se faire avoir sur le poids !

TOTO DEMANDE À SES COPAINS :

– VOUS SAVEZ OÙ SE TROUVE LE BON DIEU, VOUS ?

– AU PARADIS ! RÉPOND UN PREMIER.

– DANS MON CŒUR ! RENCHÉRIT UN AUTRE.

– IL EST PARTOUT ! AJOUTE UN TROISIÈME.

– VOUS VOUS TROMPEZ TOUS ! DIT TOTO. DIEU, IL EST DANS MA SALLE DE BAIN !

– HEIN !? DANS LA SALLE DE BAIN ? S'ÉTONNENT LES COPAINS.

– OUI ! AFFIRME TOTO. TOUS LES MATINS, QUAND MAMAN SE DOUCHE ET QUE MON PÈRE NE PEUT PAS ENTRER DANS LA SALLE DE BAIN, IL TAPE SUR LA PORTE ET IL CRIE : « MAIS BON DIEU, TU ES ENCORE LÀ ! »

Toto arrive à l'école avec des bleus
et des bosses partout.

— Que t'est-il arrivé ? s'inquiète Rémy.

— Un camion de pompiers m'a renversé
et après je suis tombé sur une voiture.

— Oh !

— Ensuite, en voulant me relever, y a
une soucoupe volante qui m'a cogné
la tête ! Et en retombant, je me suis
pris un sabot de cheval dans le nez !

— N'importe quoi !
Tu dis n'importe quoi !

— Si, c'est vrai ! affirme Toto. T'as qu'à
demander au monsieur du manège !

Toto demande
à son copain Rémy :
– Tu sais ce que dit
Batman quand il ne
veut pas répondre à
une question ?
– Non...
– Joker !

Après l'école,
sur le chemin du retour,
Toto annonce à Rémy :
— Je vais encore avoir
un zéro en maths !
— Tu en es sûr ?
— Aussi sûr que
2 et 2 font 5 !

Toto et Rémy
se sont amusés à
repeindre un banc du jardin
public. Une mamie s'approche
du banc et s'apprête à s'y
asseoir lorsque Toto hurle :

– Attention à la peinture
fraîche ! On vient juste
de le repeindre !

– Comment ? dit la mamie
qui a mal entendu.

– En vert ! répond Toto...

TOTO DEMANDE
À SON COPAIN RÉMY :
— TU CONNAIS L'HISTOIRE
DU TÊTARD ?
— NON.
— EH BIEN C'EST UN TÊTARD
QUI CROYAIT QU'IL ÉTAIT TÔT,
MAIS EN FAIT NON,
IL ÉTAIT TARD.

Un copain de Toto lui lance :

– Tu as vu mes muscles ? Je ne mange que de la viande et je suis fort comme un bœuf !

– Tu as de la chance, lui répond Toto. Moi, je ne mange que du poisson et je ne sais toujours pas nager !

Toto demande
à son copain Rémy :

– Tu connais la blague
de la tortue ?

– Non, raconte !

– Ben... Moi non plus,
elle n'est pas encore arrivée !

TOTO SE PLAINT AUPRÈS DE SA MAÎTRESSE :

– MAÎTRESSE ! RÉMY, IL FAIT QUE ME METTRE DES COUPS DE PIED DANS LE CUL !

– TOTO ! QU'EST-CE QUE C'EST QUE CE LANGAGE ! JE NE RÉPONDS PAS AUX GARÇONS MAL ÉLEVÉS ! DIT LA MAÎTRESSE EN COLÈRE.

ET TOTO REFORMULE ALORS SA PLAINTE :

– MAÎTRESSE ! RÉMY, IL FAIT QUE ME METTRE DES COUPS DE PIED DANS LE CUL, S'IL VOUS PLAÎT !

Toto demande
à son copain Rémy :

– Tu sais quelle est
la forme géométrique
préférée des canards ?

– Non…

– Les cubes,
parce qu'il y a plein
de coins-coins !

Toto croise
un monsieur dans
la rue et lui demande :

— Monsieur !
Vous pourriez aller
caresser le chien qui est
sur le trottoir d'en face,
s'il vous plaît ?

— Et pourquoi, mon petit ?

— Pour voir s'il mord !

Toto et toute sa classe sont invités à un goûter d'anniversaire. Rémy, qui a été trop gourmand avec le gâteau au chocolat, ne se sent pas bien et dit à Toto :

— Burp ! Je... Je crois que je vais rendre le gâteau que j'ai mangé...

— C'est pas la peine, répond Toto, il y en a plein d'autres !

Toto arrive à l'école avec une chaussette rouge et l'autre noire.

– Tiens, elles sont étranges tes chaussettes ! lui fait remarquer Rémy. Tu en as une rouge et une noire !

– Oui, je sais… répond Toto. C'est bizarre… D'autant plus que j'ai une autre paire comme ça dans mon tiroir !

TOTO RACONTE DES HISTOIRES...

– TU VEUX QUE JE TE RACONTE UNE BLAGUE À L'ENVERS ? DEMANDE-T-IL À UN COPAIN.

– OUI !

– ALORS COMMENCE PAR RIGOLER !!!

Toto confie à Rémy qu'il est amoureux de Léa...

– Je pense tellement à elle que le matin, je n'arrive pas à manger... Le midi, c'est pareil, je n'arrive pas à manger... Le soir aussi, je ne peux pas manger. Et la nuit, impossible de dormir !

– Ah bon ? Et pourquoi ?

– Parce que j'ai trop faim !

Toto demande à Rémy :

– Tu sais quelle différence il y a entre un plat de crottes et un plat de spaghettis à la bolognaise ?

– Non, je ne sais pas.

– Eh bien, je ne suis pas près de venir manger chez toi !

TOTO ARRIVE À L'ÉCOLE
AVEC LA TÊTE TOTALEMENT BANDÉE.
SES COPAINS L'INTERROGENT :
– QU'EST-CE QUI T'EST ARRIVÉ ?
TU AS EU UN ACCIDENT ?
– JE JARDINAIS AVEC MON PÈRE
DANS LE POTAGER, ET UNE GUÊPE
EST VENUE SE POSER SUR MA TÊTE...
– OH LA VACHE ! C'EST UNE GUÊPE
QUI T'A FAIT CETTE TÊTE-LÀ ?
– NON... C'EST LA PELLE AVEC LAQUELLE
MON PÈRE L'A ÉCRASÉE !

TOTO DEMANDE
À SON COPAIN RÉMY :
– TU SAIS CE QUI EST VERT
ET QUI POUSSE AU FOND
DU JARDIN ?
– NON...
– UN EXTRATERRESTRE
QUI FAIT CACA !

Toto et son copain Rémy sont invités à l'anniversaire de Léa. La fête a lieu au 38e étage d'un immeuble dont l'ascenseur est en panne. Ils empruntent donc les escaliers et, arrivés péniblement au 35e étage, Rémy dit à Toto :

— Pfff... J'en peux plus ! Je suis crevé... T'as pas une bonne blague à me raconter ?

— Si ! répond Toto. On a oublié nos cadeaux en bas !

Toto pose une devinette
à Léa :
– Tu sais ce que font
les dinosaures quand
ils n'arrivent pas à
se mettre d'accord ?
– Non, je ne sais pas.
– Ils font un tirajozor !

Toto arrive
en courant à l'école.
Un copain lui dit :

— Hé, Toto !
Ce matin, tu as oublié
de mettre ton slip !

— Et comment
tu peux savoir ça ?
lui demande Toto.

— Ben... Tu as aussi
oublié de mettre
ton pantalon...

LE JOUR DE LA GALETTE DES ROIS, LA MAÎTRESSE EN DÉCOUPE UNE ET DEMANDE À TOTO DE SE GLISSER SOUS LA TABLE POUR DIRE À QUI ELLE DOIT ATTRIBUER LES PARTS...

— POUR QUI LA PREMIÈRE PART ?

— POUR RÉMY, MAÎTRESSE !
RÉPOND TOTO DE DESSOUS LA TABLE.

LA MAÎTRESSE DONNE LA PREMIÈRE PART À RÉMY PUIS DEMANDE :

— POUR QUI LA DEUXIÈME PART ?

— HEU... POUR CELLE QUI A LA CULOTTE ROSE !

Toto demande à Léa :

– Tu sais pourquoi il existe des éléphants blancs ?

– Non…

– C'est parce qu'ils se cachent dans les verres de lait ! Et tu as déjà vu un éléphant se cacher dans un verre de lait ?

– Non.

– C'est la preuve qu'il était bien caché !

Toto dit à Rémy :

— Qu'est-ce qui fait deux mètres, qui a des antennes et des dents de trente centimètres ?

— Heu… Je sais pas, c'est quoi ?

— Moi non plus je sais pas, mais COURS !!!

DANS LE BUS, TOTO ET LÉA DISCUTENT
AVEC UNE MAMIE ASSISE EN FACE D'EUX.

– QUEL ÂGE AVEZ-VOUS ? LEUR DEMANDE-T-ELLE.

– 10 ANS ! LUI RÉPOND LÉA.

– ET TOI, QUEL ÂGE ME DONNES-TU ?

– EUH... 35 ANS ! LUI RÉPOND TOTO.

– AH, C'EST GENTIL ! FAIT LA DAME.

LÉA SE TOURNE ALORS VERS TOTO ET LUI DEMANDE :

– TU TROUVES QU'ELLE FAIT 35 ANS ?

– NON, MAIS MA MAMAN M'A DIT QUE
QUAND ON EST POLI, IL FAUT TOUJOURS DIRE
LA MOITIÉ DE L'ÂGE DE LA VIEILLE PERSONNE !

Invité chez Toto, Rémy s'étonne d'entendre le perroquet de Toto parler et ne prononcer que des grossièretés.

— Toto, pourquoi ton perroquet ne dit que des gros mots ?

— Je ne sais pas... Pourtant je lui ai bien appris tous les mots qu'il n'avait pas le droit de dire ! lui répond Toto.

Toto demande
à son copain Rémy :
– Tu sais ce qui fait
"Bzzzzzz... Hic !
Bzzzzzz..." ?
– Non...
– Un moustique
qui a trop bu !

En revenant de l'école, Toto et Rémy s'achètent chacun un pain au chocolat.

— Bon ! fait Toto. Maintenant, faut trouver un miroir pour que je puisse le manger devant !

— Manger ton pain au chocolat devant un miroir ? s'étonne Rémy.

— Oui, comme ça j'aurai l'impression d'en manger deux !

Toto demande
à son copain Rémy :

— Tu sais quel est l'animal
le plus malheureux ?

— Je sais pas...

— Le veau !

— Et pourquoi ?

— Parce que sa mère
est vache !

TOTO ANNONCE
À LÉA ET À RÉMY :

— JE CROIS QUE J'AI EU
LA MEILLEURE NOTE
DE LA CLASSE !

— AH BON ?

— OUI, EN PARTANT DU BAS...

Léa et Julie se plaignent...

— On a tous été punis par la maîtresse !

— Pas moi ! dit fièrement Toto.

— Pas toi !? s'étonne Rémy.

— Non, moi, j'ai été renvoyé !

Toto demande
à son copain Rémy :
– Tu sais pourquoi
les sorcières utilisent
un balai pour voler ?
– Heu... Non.
– Parce qu'un aspirateur,
c'est trop lourd !

POUR IMPRESSIONNER LÉA,
TOTO PASSE DEVANT ELLE AVEC
SON NOUVEAU VÉLO ET LUI LANCE :
– REGARDE LÉA ! AVEC UNE SEULE MAIN !
DEUX MINUTES PLUS TARD, IL REPASSE
DEVANT ELLE...
– REGARDE LÉA ! SANS LES DEUX MAINS !
DIX MINUTES PLUS TARD, IL PASSE
DE NOUVEAU DEVANT ELLE ET LUI DIT :
– REFARDE FLÉA ! FANS LES DENTS...

Pendant la récréation,
Toto se rend aux toilettes
de l'école.
Rémy lui emboîte le pas.

– Tu ne fermes pas la
porte ? s'étonne ce dernier.

– Non ! lui répond Toto,
j'ai trop peur que quelqu'un
regarde par le trou de
la serrure !

Toto demande
à son copain Rémy :

— Tu connais l'histoire
de la girafe au long cou ?

— Non.

— Je ne te la raconte pas,
c'est beaucoup trop
long !

Toto cache des bonbons derrière son dos et dit à Léa :

— Si tu devines combien j'ai de bonbons dans la main, je te les donne tous les quatre !

— Tu en as quatre !

— Mais qui te l'a dit !?

TOTO DEMANDE
À SON COPAIN RÉMY :
— TU VEUX QUE JE TE RACONTE
LA BLAGUE DE L'AMNÉSIQUE ?
— OUI !
— HEU... JE NE M'EN SOUVIENS PLUS !

TOTO RACONTE À SA MÈRE :
— IL Y A TROP DE BRUIT EN CLASSE !
— AH BON ? S'ÉTONNE SA MAMAN. RACONTE-MOI !
— IL Y A DES COPAINS QUI PARLENT, D'AUTRES QUI S'AMUSENT...
— TRÈS BIEN. ALORS JE VAIS ALLER VOIR TA MAÎTRESSE QUI SE PLAINT QUE TU TRAVAILLES MAL ET LUI DEMANDER DES EXPLICATIONS !
— D'ACCORD, MAMAN. TU AS RAISON, FAUT VRAIMENT QUE LES COPAINS APPRENNENT À RESPECTER MON SOMMEIL !

Toto pose une colle à Rémy :

– S'il y a neuf poissons dans un bocal et que deux se noient. Combien en reste-t-il ?

– Bah... 9-2, ça fait 7 !

– Eh non ! Il en reste 9 ! Un poisson, ça ne se noie pas...

Toto se rend à la piscine avec sa classe. Alors que tout le monde traverse le bassin en nageant correctement la brasse, Toto se lance dans un crawl inefficace qui éclabousse tout le monde…

— Mais enfin, Toto ! Où as-tu donc appris à nager ? lui demande le maître-nageur.

— Ben… Dans l'eau !

À LA RÉCRÉATION,
TOTO DEMANDE À SON VOISIN
DE CLASSE :

– TU AS RÉUSSI LE CONTRÔLE ?

– NON, J'AI RENDU UNE PAGE
BLANCHE !

– OH, MINCE ! MOI AUSSI !
S'EXCLAME TOTO. LA MAÎTRESSE
VA ENCORE CROIRE QUE J'AI COPIÉ...

Toto marche dans la rue avec
son copain Rémy...
— Rémy ! Regarde le bel oiseau !
— Oui... J'ai vu !
Un peu plus tard :
— Regarde la voiture !
— Oui ! J'ai vu !
Encore plus tard :
— Rémy ! Regarde le chien !
— J'ai vu, oui !
Un court instant après :
— Rémy ! Regarde la cr...
— J'ai vu !!!!!!!
— Ben... Pourquoi tu as marché
dedans, alors ?

Toto demande
à son copain Rémy :
– Tu sais ce qui a
deux cornes et qui fait
"Huem ! Huem !" ?
– Non ?
– Une vache
en marche arrière !

Léa demande à Toto :

– Tu veux bien jouer au docteur ?

– D'accord !

Toto tend alors un stylo à Léa et lui dit :

– Ça vous fera 25 euros !

Toto et un autre écolier
se bagarrent dans la cour de l'école.
La maîtresse les punit tous les deux :

— Vous me recopierez cent fois
« Je ne dois pas me battre avec... »
et vous mettrez le nom
de votre copain !

— C'est pas juste, maîtresse !
dit Toto. Moi je m'appelle Toto
et lui c'est Maximilien
Tcheckovlowskytchemendosky !

TOTO DEMANDE
À SON COPAIN RÉMY :
– TU SAIS CE QUI EST BLANC,
NOIR, AVEC DES POINTS
ROUGES ?
– NON, DIS-MOI !
– UN ZÈBRE QUI A
LA VARICELLE !

Toto demande
à son copain Rémy :

— Mon père a la pire
mémoire du monde !

— Il oublie tout,
ton père ?

— Au contraire,
il se souvient de tout !

Toto semble déprimé…

— Quelque chose ne va pas ? lui demande son copain Rémy.

— Oui, tout le monde me traite de menteur !

— Pfff… C'est même pas vrai !

LA MAÎTRESSE INTERROGE
UNE FILLE DE LA CLASSE DE TOTO :

– ALICE, QU'AS-TU MANGÉ HIER SOIR ?

– DES MERGUEZ, MADAME !

– ET AVANT-HIER SOIR,
QU'AS-TU MANGÉ, ALICE ?

– DES MERGUEZ...

TOTO POUFFE ET S'EXCLAME :

– BEN ALORS, C'EST ALICE AU PAYS
DES MERGUEZ !

Toto pose une devinette
à son copain Rémy :
— Qu'est-ce qui est jaune,
qui a une cape et qui vole ?
— Heu... Je sais pas !
— C'est une Superbanane !
Et qu'est-ce qui est rouge,
qui a une cape et qui s'est
écrasé contre le mur ?
— Je ne sais pas...
— C'est une tomate
qui a voulu faire comme
Superbanane !

Toto raconte à un copain :

– Je suis tombé d'une échelle de 20 mètres !

– Oh ! Et tu ne t'es pas fait mal ?

– Non, je suis tombé du premier barreau...

Toto est invité
à l'anniversaire
d'une copine.

– Tu ne m'as pas
apporté de cadeau ?
s'inquiète sa copine.

– Si, je t'amène
la varicelle !

TOTO DEMANDE
À SON COPAIN RÉMY :
— DIS, TU CONNAIS LA
BLAGUE DU PETIT-DÉJEUNER ?
— NON.
— PAS DE BOL...

TOTO DEMANDE L'HEURE
À SA COPINE LÉA :
– IL EST 16 HEURES, LUI RÉPOND-ELLE.
– PFFF... POURQUOI ON NE ME DIT
JAMAIS LA VÉRITÉ ?
– COMMENT ÇA ?
– JE DEMANDE L'HEURE DEPUIS
CE MATIN ET PERSONNE NE ME DIT
JAMAIS LA MÊME CHOSE !

Toto demande
à son copain Rémy :
— Tu as déjà vu le film
« Constipé » ?
— Heu... Non.
— C'est normal,
il n'est pas encore sorti !

Toto demande
à sa copine Léa :
– Tu sais quelle est
la différence entre
un corbeau ?
– Entre un corbeau et quoi ?
– Et côôôa !!! Et côôôa !!!
Et côôôa !!!

Toto reçoit des copains
à la maison pour son anniversaire.
Au moment de souffler les bougies,
tous les invités sont autour de Toto,
sauf Rémy...

— Où est passé Rémy ?
demande la maman de Toto.

— Je l'ai mis dans le frigo !
répond Toto.

— Mais tu es fou,
il va prendre froid !

— T'inquiète pas, j'ai fermé
la porte !

Toto demande
à son copain Rémy :

— Tu sais ce qu'il y a
de plus dur quand
on apprend à monter
à cheval ?

— Non, dis-moi !

— Le sol.

Toto
demande à Léa :

– Tu veux une histoire courte ?

– Oui…

– Tu en veux une autre ?

Toto demande à Rémy :
— Donne-moi un mot que tu ne dis jamais trois fois dans la même journée.
— Je ne sais pas, heu… Bouteille !
— Hein ?
— Bouteille !
— Quoi ?
— Bouteille !
— Non ! J'ai dit un mot que tu ne répètes jamais trois fois dans la même journée !

DANS LES VESTIAIRES,
TOTO ET SES COPAINS SE METTENT
EN TENUE POUR DISPUTER UNE PARTIE
DE FOOTBALL...

— HÉ ! TU AS LES PIEDS
ENCORE PLUS SALES QUE LES MIENS !
DIT RÉMY À TOTO.

— C'EST NORMAL, J'AI UN AN
DE PLUS QUE TOI !

Toto pose une devinette à Léa :

— Qu'est-ce qui est rouge et qui fait gueling-gueling ?

— Je sais pas...

— Un gueling-gueling rouge !

Toto lui pose alors une autre devinette :

— Et qu'est-ce qui est jaune et qui fait gueling-gueling ?

— Un gueling-gueling jaune ! répond Léa.

— Non, ils n'en font pas de cette couleur...

Toto demande à son père :

– Papa, qu'est-ce qui a huit pattes, qui est tout rouge et plein de poils ?

– Heu... Je ne sais pas. Qu'est-ce que c'est ?

– Moi non plus je ne sais pas, mais c'est sur ton cou !!!

Toto fait de la luge avec sa copine Léa…

– N'oublie pas de prêter ta luge à ta copine ! lui dit sa maman.

– Oui, maman ! Je la prends pour descendre et elle pour monter !

Toto demande
à sa copine Léa :

– Tu sais ce qui est
tout rouge et qui fait
"piou-piou" ?

– Non...

– Un poussin qui a pris
un coup de soleil !

TOTO REVIENT DE SON DERNIER JOUR D'ÉCOLE, LA MAÎTRESSE AVAIT PRÉVU D'ORGANISER UNE JOURNÉE PÂTISSERIE...

— ALORS, QU'AVEZ-VOUS FAIT ? LUI DEMANDE SA MAMAN.

— RÉMY A FAIT DES CRÊPES !

— C'EST BIEN... ET QUOI D'AUTRE ?

— LÉA A FAIT UN GÂTEAU AU CHOCOLAT !

— OUI, ET PUIS ?

— JULIE A FAIT UNE TARTE AUX POMMES.

— ET TOI, QU'EST-CE QUE TU AS FAIT ?

— MOI, J'AI TOUT VOMI...

Toto raconte :

— Une fois, je me suis cassé le bras et je n'ai rien senti !

— C'est même pas vrai ! réplique Rémy.

— Si ! J'avais le nez bouché...

Toto pose une devinette
à son copain Rémy :
– Quelle différence y a-t-il
entre la lune, la guerre
et la famille ?
– Heu... Je sais pas...
– Eh bien, la lune est un astre
et la guerre un désastre !
– Ah ! Ah ! Mais... Et la famille ?
– Elle va bien, merci !

Dans le bus,
Toto est assis à côté
de Léa. Enrhumé, Toto
n'arrête pas de renifler...
Agacée, Léa finit par
lui dire :

— Dis, tu n'as pas
de mouchoir ?

— Si, mais je ne
le prête pas !

Toto demande
à son copain Rémy :

– Tu sais quelle différence
il y a entre une maîtresse
et un dentiste ?

– Non, dis-moi !

– Ben... Le dentiste
demande d'ouvrir la
bouche, et la maîtresse
de la fermer !

Toto demande
à sa copine Léa :

— Tu sais pourquoi
la girafe a un long cou ?

— Non, je ne sais pas.

— Parce qu'elle ne
supporte pas l'odeur
de ses pieds !

Rémy sonne à la porte de chez Toto. Ce dernier lui ouvre avec une canette de soda dans une main, une glace dans l'autre et le visage tout barbouillé de chocolat...

— Euh... Salut Toto ! Est-ce que ta mère est là ?

— À ton avis...

TOTO POSE UNE DEVINETTE À RÉMY :
— QU'EST-CE QUI EST FROID, BLANC,
ET QUI FINIT PAR « ANE » ?
— J'EN SAIS RIEN !
— LA NEIGE, BANANE !
ET QU'EST-CE QUI EST FROID, BLANC,
ET QUI FINIT PAR « IRE » ?
— AUCUNE IDÉE !
— LA NEIGE, BANANE,
JE VIENS DE TE LE DIRE !

Rémy demande à Toto :

— Tu crois que les requins mangent des sardines ?

— Bah non ! Comment ils feraient pour ouvrir les boîtes ?

Dans le bus qui mène à l'école, Toto s'écrie soudain :

– J'en ai marre, je veux plus aller à l'école !

– Mais pourquoi ? s'inquiète Léa.

– Ben... On n'y apprend que des choses que je ne sais pas !